눈물

- 희미해진 사랑의 기억 -

서동우 시집

문학여행

차례

『두 번째 일기장』
다신 사랑하지 않을 거라 다짐하며

『세 번째 일기장』
너와 함께 써내려간 일기장을 덮으며   43

들어가며

　대부분의 사람들은 시(詩, poem)가 어렵다고 한다. 그런데 막상 읽어 보면 어떤 시는 '이 정도는 나도 쓰겠다.'라는 생각이 들기도 하고, 또 어떤 것은 전혀 이해가 되지 않는 시가 있다. 게다가 우리는 여태껏 살아오면서 학교에서 문학작품은, 글 속에 숨겨진 의미와 사용된 기법을 되도록 '많이 찾아내어야만' 작품을 잘 '감상'한 것이라고 수없이 배워오지 않았던가. 그러면 시(詩)라는 것은 정말 일반인과 동떨어져 있는, 문인(文人)이 아니라면 이해하기 어려운 것일까?

　결코 그렇지 않다. 애초에 '시'나 '소설' 같은 문학작품은 음악이나 춤처럼 머리로 이해하기 이전에 마음으로 이해할 수 있는 예술작품이다. 물론 작품의 기법과 숨은 뜻을 머리로 깊게 더 깊게 찾아가다보면, 작품 속 깊은 곳에 새겨진 작가의 마음과 표현의 놀라움을 찾아내는 나름의 재미와 감동이 있다. 그러나 이것은 작품을 마음으로 느끼는 것이 우선되어야 진정으로 가능한 것이기에, 머리로 먼저 작품을 이해하려 하는 것은 추천하지 않는다. 차라리 자신에게 와닿지 않는 시나 예술작품은 과감히 넘겨버리면 된다. 사람마다 관심사나 좋아하는 작품세계가 다 다르기도 할뿐더러, 어떠한 시나 작품은 이해하는 것 자체를 거부하기도 하기 때문이다. (특히 '이상' 시인의 시가 그렇다. 그의 작품은 극도로 깊은 외로움과 방황을 겪어보지 못하면 쉽게 이해가 되지 않는다.)

'감상(感想)'이란 한자어를 순서대로 풀어보면, '감(感) : 마음으로 작품을 느낀다.' 그리고 그 후에 '상(想) : 머리로 작품을 이해한다.'이다. 마음으로 느낀 것을 머리로 풀어가며 더 풍요로운 예술의 만찬을 즐기는 것이 바로 '감상'이다. 이렇듯 올바른 시의 감상방법을 알고 나면, 더이상 시를 두려워할 필요가 없다. 대부분의 예술작품의 감상방법은 이것과 같다.

　시는 시인의 '일기'이기도 하고, 시인의 '생각'이기도 하고, 어떠한 현상이나 사물을 보고 느낀 '감동' 그 자체가 될 수도 있다. ('이육사' 시인의 작품에서는 시인의 강한 주장을 넘어선 비장함마저 느껴지기도 한다.) 이렇듯 찢어지고 볼품없는 종이 한 귀퉁이에 쓰여있는 시 한 편으로 한 사람의 인생이 바뀌기도 하고, 잘 쓰여진 시는 그 자체로 아름다운 한 폭의 그림과도 같다. 그래서 시는 예로부터 모든 문학의 원류(原流)였고, 어린아이부터 시인까지 어느 누구나 펜과 종이만 있으면 쓸 수 있기에 그 어떤 문학보다 평등하고 위대하다고 할 수 있다.

시집 '눈물'은 시인 서동우의 시집 시리즈 중 첫 번째 작품으로, "한 사람이 이 세상을 살아가며 누군가를 만나 사랑을 하고, 이별을 하고, 다시 사람을 찾아 나아가는…" 우리네 인생에서 너무나 흔하게 벌어지는 일임과 동시에 우리들의 마음 속 가장 깊이 새겨지는 '만남과 이별'이란 행복과 아픔을 노래하는 시집이다. 또한 시인이 고등학생 때부터 느껴온 감정과 경험을 그대로 녹여놓은 시이기 때문에 한 사람의 일기장이라고 생각하고 읽어나가면 좋을 것이다.

살면서 누구나 사람을 사랑하게 되고
사랑에 아파하고
다신 사랑하지 않을 거라 다짐하고
사랑을 추억하고
또 다시 사람을 사랑하게 된다.

2016년 4월 27일
그리움과 추억, 그리고 눈물.
서 동 우

『첫 번째 일기장』

누구나 한 번쯤은
사람을 사랑하게 된다

그런 당신이 좋아요

재채기 할 때
입가리고 소리없이 하는 당신이 좋아요

손톱 깎을 때
튀지않게 조심조심 깎는 당신이 좋아요

손 씻을 때
비누로만 뽀득뽀득 닦는 당신이 좋아요

지우개 쓸 때
가루모아 휴지통에 넣는 당신이 좋아요

머리 말릴 때
화장실서 조용조용 하는 당신이 좋아요

껌 씹을 때
쫍쫍딱딱 소리내지 않는 당신이 좋아요

왜 제가 당신을 좋아하는지 이제 알겠나요?
이러한 행동 하나하나 모두 당신을 더욱 사랑스럽게 만들어요.
당신 그 자체가 사랑스러운 것이 제일이지만요.

나의 바람

네가 나의 하늘이었으면 좋겠다
그 하늘 아래 맘껏 뛰놀다 지쳐도
넌 언제나 나를 달래어줄테니

너는

너는 허리가 잘록하다
너는 턱이 뾰족하다
너는 피부가 하얗다
너는 성격이 살갑다
너는 그냥 이쁘다
아주 아주 많이 많이 많이

그런데 다른 애들은 그렇지 않아
그런데 다른 애들은 그런 생각 않는 것 같아

휴, 다행이다!

너의 향취

나에게 내 냄새가 난다고 너는 말했다
나에겐 네 냄새가 난다.

항상 그리워서 베개를 꼬옥 안는
향긋하고 아릿한 네 체취가 느껴진다.

비록 같은 곳엔 없어도 다른 일을 해도
바람과 너는 나의 주변에서 굽이 맴돈다.

내게 갑작바람 불어와도 절대 지워지지 않을
네 향기 늦은 봄바람과 겹쳐 아로이 새겨진다.

눈 그친 새벽길

눈길 가득 눈부신 흰 눈

알람 소리 이미 때는 지나

말할걸 말할 걸 말 할 걸

말 하나, 그리 하지 못해 지나

사그라드는 뽀드득 소리

알 수 없는 슬픔 안고 그냥 걷다

참으로 고요한 새벽길이라서……

당신이 잠든 침대끝에서

야위어가는 팔에
나는 떨리는 키스를 합니다
갈라진 손톱을 잘라내며
내 기억의 모퉁이도 같이 도려냅니다
하루내 해가 뜨고 지는 것
백 번 넘게 세는 게 참 어렵습니다
과거는 과거일 뿐
미래도 그저 과거가 되기를 빕니다
당신의 아기같은 발을 주무르며
차가워진 얼굴의 감촉을 느낍니다
이불을 덮어주며 나는 기도합니다
신을 버린지 이미 오래지만
지금서 기도하면 편할 수 있을까 싶습니다
이기적인 나의 기도가 저 자락 끝에 닿기를 바라며
차가워진 밤공기를 폐에 채워둡니다

문자와 카톡의 공통점

이제 문자는 오래된 유물처럼 느껴진다.
문자를 한다고 하면 과거사람이고
카톡을 못한다 하면 구시대사람이다.

카톡은 건당 이용료를 내지 않는다.
30원이었던 문자값도 이제는 20원으로 내렸지만
카톡은 그런것에 연연하지 않는다.

문자만 알던 그와
카톡을 하던 그녀는
서로 차이가 난다는 것을 안다.

문자를 보내는 그 설렘도
카톡을 날리는 그 바쁨도
답장을 기다리는 마음에는 비할 수 없다.

너는 카톡을 한다.
나는 문자를 한다.
우리는 사랑을 한다.

보고싶다

너는 아닐지 몰라도
네가 보고싶다 많이

부족함

나에게 그림을
아주 잘 그릴 수 있는 그런 재주가 있다면
네 웃는 얼굴을 세상사람 모두에게 알릴텐데

나에게 말을
아주 잘 할 수 있는 그런 재주가 있다면
내 설렌 마음을 너와 모두에게 잘 알릴텐데

슬프게도 나는 어느 것 하나 잘하지 못해.
그림도
말도
그 어느 것도

지금은
펜 하나만 쥐고
이런 나를 미워하기만 해.

사랑을 나누다

눈가를 촉촉히 적시는 것보다
물가를 촉촉이 적시고 싶다

더듬느라 바쁜 손에게
고만 쉬라고 한다

한 번 나가고 나면
쉽사리 여운은 가시지 않는다

말캉말캉한 그것보다는
까슬까슬한 그것이 좋다

안을 후벼파다가 지쳐 울었다
찐득한 애정만이 넘쳐 흐른다

또 잘 나오지 않는다
좀 쉬어야 하나보다

사랑하면

사랑하면
생각할 시간이 없다

모든 게 너라서

전체문자

2009년 12월 24일
온 문자를 본다
모두에게 보낸 문자였겠지
너의 아버지를
원망하여 보낸 하루가
너로 인해 다시
따뜻해졌다.

2010년 1월 1일
온 문자를 본다
모두에게 보낸 문자였겠지
새해에도 힘내라는
문자 끝에 찍힌 하트에
너로 인해 행복했고
또 슬퍼졌다.

『두 번째 일기장』

다신
사랑하지 않을 거라 다짐하며

가만히 누워보며

하루를 기어 보낸다
쉽사리 가지않는 시간은
나의 코끝을 찡하게 만든다

홀로 노래를 부른다
뜻없는 가사 몇 줄은
가만히 있는 내 목을 메운다

나는 몰랐다
지나갈 기억과 장소와 사람이
사람을 멍들게 한다는 것

그대 자리엔 상사화만 핍니다

그대 떠나간 자리엔
더 이상 잎이 나지 않는
상사화만 핍니다.

사해처럼 몸이 뜨는
조그만 웅덩이에 걸터앉아
턱을 괴고 시간을 보냅니다.

재채기 하나에는
끝없는 죄악을 느끼며
가슴살을 도려팝니다.

덧없는 연인의 키스는
헤어짐을 암시하는 물가에
서서히 흘러퍼집니다.

너에게 나는 어떤 존재였느냐

생물은 세포로 이루어졌고
끊임없이 자가분열하는 세포로 인해
우리는 매년 매달 매일 매시 매분 매초
새로운 사람으로 변해간다.

생물학을 배우고 난 후,
나는 조금 슬펐고
인간이란 생물도 참 불쌍하다 여기었다

시간이 지나
마음 한 구석에 있던 죄의식이
과학적 증명으로 해방감을 느끼게 됐다

이번에는
신에 대해 알아보려한다

신만이 할 수 있는
신만이 할 수 있는 대답을
오직 신만이 할 수 있는 말을 들으려 한다

그래,
'너'에게 '나'는 어떤 '존재'였느냐

추운 겨울
베갯잇에 파묻혀 말없이 울었다

누구나 변한다

예전엔 순대가 싫었다
후회된다
지금은 너무 좋은데 왜 그랬을까

예전엔 생머리가 부러웠다
왜였을까
지금은 곱슬도 괜찮은데 왜 그랬을까

예전엔 놀이기구가 최고였다
기억난다
지금은 아주 무서워하는데 왜 그랬을까

내가 변한걸까
네가 변한거니
예전이 낫니
지금이 낫니
아니면 그대로인 것은 존재하지 않는거니

눈물

때론
무진장 울고픈 때가 있다

그 때
이 세상 어디에도
나 하나 펑펑 울 수 있는 데 없다

속으로 눈물 삭이며
눈으로 감지 않으려
한없이 애를 써봐도

끝내
마음선 한 방울 떨어지고
주저앉는다.

눈물무게

이제 네가 기억나지 않는다.
너와 함께한 시간은
시간에 흘려 보냈고
너와 함께할 것들은
눈물로 벼려 내었다.

이제 네가 없어도
난, 괜찮다.
네가 함께한 기억
모두 쏟아졌으니

눈물은 참 신기하다.
매번 깨닫게 된다.

눈물에는 감정이 녹아있다.
그리고 후련하다.

사랑의 정의

사랑
백 서른 두 번의 주저와
다섯 번의 눈물로 이뤄낸
아픔의 결정체.

사랑이란 이름의 착각을 알고 계십니까

모든 사랑은 다 이기적인 욕심이다.
사랑한다는 것은 너를 소유하고싶다는 것이고
사랑받는다는 것은 너를 갖고싶다는 뜻이다.

딱 떨어지는 요구가 있을 때
우리는 우아한 사랑을 한다 착각하며
순간을 산다.

사랑한다는 것은 무엇일까

사랑한다는 것은 무엇일까.
그 사람을 만나 떨리는 가슴일까
오랜 시간 정을 나누며 산 세월일까
바스라진 사진 속에 남겨진 기억일까
눈물과 콧물로 뒤범벅된 애절함일까
아니면 떨리는 손으로 붙잡은
마지막 그대 가는 길일까.

세상은 현실이다

우리는 현실이란 세상 속에서 살고 있기에
고뇌하고 좌절한다.

세상이란 현실은 각막하여
때론 놀라우리만치 잔인하다.

생각에도 돈이 필요하고
사랑에도 돈이 필요하고
죽음에도 돈이 필요하고
돈이 현실은 아니지만
현실은 돈이 되고
현실에는 돈이 필요하다.

사랑하는 이에게 마음껏
아니 죄소한 양심껏 해줄 수 없는 세상

그렇다 세상은 너무 현실적이다
아니다 너는 현실적이지 않았다

아무것도 남지 않았다

아무것도 남지 않았다
뜨거웠던 열정도
두근거렸던 사랑도
누굴 좋아할 용기도
삶을 살아갈 희망도
과거를 그리워할 그리움도
어느 것 하나 남지 않았다
내겐 아무것도 남지 않았다
단 하나 남은 것이 있다면
그냥저냥 시체처럼 침대 위에 누워
의미없는 눈물을 흘리는 것뿐이다
아무것도 남지 않고서
아무것도 남지 않았다

이제 순대 안 먹는다
네게 배웠고, 네가 다시 가져갔다

오지않는 기다림

오지않는 기다림으로 그대를 맞는 것은 조금 씁쓸한 일입니다.
애꿎은 손 안의 기기를 만지작거리며
다른 사람 같은 척을 합니다.

그대는 이미 오래전 한 번 내 손을 떠나간 적이 있습니다.
어둠이 하늘을 가리어 수근덕거리며
나뭇가지에는 슬픔만이 이슬처럼 맺히었습니다.

문득 어느 낱말이 생각났습니다.
"달콤쌉싸름"
달콤쌉싸름입니다 그것은

한 겨울에 쓸쓸한 사탕을 빨듯
저는 그 낱말을 내내
가지고 놀리었습니다.

두 날이 밝았고
두 해가 떳습니다.

이 년이란 것은
참으로 허망한 것이었습니다.
검은 얼룩을 자아내며
혼자 실실 쪼개어 웃었습니다.
한 여름에 거리에 눌러붙은
거뭘딱한 껌딱지같이 말입니다.

이제 양치도 했습니다.
거울도 자신잇게 보고 면도도 했습니다.
더어러운 일들도 모두 잊으러 갑니다.
뜨거운 커피잔도 제법 익숙히 들어올립니다.

그러나 아직까지도 종이 울리지 않았습니다.

이별 후

방 침대에 누워
천정을 바라보며
눈물 흘리는게 싫다

하나는 구렛나무가 젖어
눈물에 축축하고
또 하나는 눈물에 젖어
추억을 씻긴다

평소 안 나오던 것이
이별을 위해 모여있었나보다

미안하다
미안하다

...
...
미안해

이제는

마음이
뻥

뚫려서

숨
쉴 수가
없다

날이
밝아
오면

슬프다
또
다시

『세 번째 일기장』

너와 함께 써내려간

일기장을 덮으며

12년 9월 26일에서

당신은 내가 낯설다고 하였습니다
2년 하고도 반 만에 어렵사리 본 당신
변했다고 하였습니다

그대는 변한 적이 없습니다
내 맘 속에서 한 번도 떠나지 않은 그대
변했다고 하였습니다

세상 누구보다 그대를 잘 안다고 생각했습니다
무엇을 좋아하는지조차 모르는 나
그대는 내가 낯설다고 합니다

하나 다행인 것이 있습니다
아무리 좋아한다 좋아한다 허공에 울리는 소리
싫지는 않다고 합니다

설사 있다고 해도 천국과 지옥을 믿지는 않습니다
오늘 하루 열 번 넘게 두 곳을 오며가는 길
그래도 좋다고 합니다

나는 사랑하는 마음에 장난친 적은 한 번도 없습니다
그대 내가 하는 모든 것이 장난
나는 그대가 좋다고 합니다

내일 또 해가 떠오르겠습니다
벌써부터 들리는 그대 타는 지하철의 장단
나는 모든게 아프고 좋고 또 그립고 낯설고 바보같습니다

이렇게 나는 살고
그렇게 그대는 있겠지요

그대는 괜찮습니다

미안합니다
그땐 몰랐습니다

덜 사랑한다는 것이
더 사랑한다는 것과

더 사랑한다는 것이
더 아파진다는 것과

덜 그리워하는 것이
더 사랑한다는 것과

더 미워한다는 것이
더 후회한다는 것을

바보같이
그땐 미처 몰랐습니다

최근에야
당신이 나를 멀리한 까닭을 알았고

어제서야
당신의 고귀한 눈망울이 얼룩짐을 보았습니다

오늘의 저는
당신의 기억을 더듬어가며
조그만 품으로 그대를 조심스레 안아줍니다

세상은 참 잔인한 것이라
믿고 살았던 제가 바보였군요

정말로 잔인한 것은
다름아닌 저 자신이라

당신의 두 뺨을 타고 별이 되었던
이제는 하늘길에 사리어 박힌
나의 잘못들을 뉘우칩니다

그대는 아무 잘못이 없습니다
그때 나는 어렸고

그대는 아무런 죄도 없습니다
그때 내가 한 행동이 문제였고

그대는 나를 기억할 필요가 없습니다
그때 나는 그대 곁에서 잊혀지길
살뜰으며 피눈물로 맹세하였기 때문입니다

아, 오늘 그대를 보았습니다
그대를 보고 알았습니다

더 잊혀진다는 것은
언젠간 다시 기억될 것이며

덜 잊혀진다는 것은
언젠간 다시 한 번 이 바보같은 짓을
되풀이 하여야 한다는 것을요

그때는 미처 하지 못했던 말을
이제서나마 할 수 있어서 다행입니다

꿈 너머
그대에게까진 들리지 않겠지만요

나에게 추억은
너에게 아픔이 되려나

추억은 꿈꿀때
두 번 아프다

기억의 샘

비가 오면 비가 흐르고
눈이 오면 눈이 내리고
바람 불면 자욱 떠난다

잠시 머물렀던 새는
이내 제 자리를 찾아
먼 여행을 떠나버렸다

돌아갈 수 없는 추억만
눈물이 되어 흘러갔다
마음 속 깊은 기억의 샘으로

너를 기억한다

너와의 첫 만남을 기억한다
첫눈에 반한 건 아니었지만
나는 서서히 네게 물들어갔다
너와의 공통점을 찾아가며
우리는 이상토록 꼭맞았다
너는 내게 첫 세상이었고
나도 네게 첫 세상이었다
세상은 우리를 비웃었지만
나는 그런 세상을 비웃었다
영원하단 말은 거짓말
우리의 약속은 깨졌고
세상의 시간도 멈췄다
네가 선사한 이 세상은 죽고
누구도 사랑하지 못하는 한 아이와
샘이 하나 남았다

오늘 너를 꿈꿨고
어제는 너를 안았고
내일은 너를 기억하며 계단을 내려간다
차가운 난간에 올라
마지막 연결고리를 풀고
너와의 인연을 추억하며
너를 만나기 위해 나는 날아간다
네가 좋아하는 강아지를 맘에 안고
너의 향기를 입에 물고
우리의 마지막 식사를 기억하며
나는 너에게로 가고 있다

너를 기억한다
영원이란 헛된 꿈을 같이 꾸었던 너를

너에게 있고, 나에게 있고, 우리 모두에게 있는 것

인간에겐 웃을 권리가 있고
사람에겐 울 권리가 있다.

너에게 있고
나에게도 있다

우리 모두가 가지고 있는 듯 하나
우리에게만 가지고 있는 듯 하다.

모두에겐 지나간 세월만큼
모두에겐 가버린 세월만큼

딱 그만큼만
다행이다.

더도 덜도 말고
펑펑 울 권리가 있어서

다시맞이

이제야 난 널 잊어버렸다.
철 지난 옷을 버리듯

울리는 서러움도
저리는 그리움도
비로소 별것 아니게 되었을 때.

나는 널 잊어버렸다.
휘갈긴 메모장처럼

너를 여읜 그 잔혹한 겨울.
어김없이 나를 짓이기러 온 듯한

올해는 추위도
자라는 아픔도
비로소 별것 아니게 되었을 때.

나는 다른 한 사람이 되었다.
또 다른 실타래에 엉킨 것 마냥

당신과 만난 후

당신과 만나고
나는 사랑받는 법도
아낌없이 사랑을 주는 법도
모두 까먹었습니다.

그저 덩그러이
당신의 주의를 끌며
응석부리는 아이가 될 뿐
변한 것은 없습니다.

이젠 사랑인지 집착인지 미련인지 호기심인지 그리움인지 모르겠습니다.

떠나간 것에게

지나고나니
그것이 사랑이란걸 알았다.

뒤늦게 찾아온 사랑니 통증에
한번더 떠나온 사람을 기억했고
온전히 돋아난 사랑니 모습에
한번더 떠나간 추억을 끄집었다.

이제는 슬프게도
이도 아프지 않고 맘도 무디어졌으니
밤을 지새우며 쓴 시 한 연만이
깜깜한 입안 볕 한 줌 아니 비치는 구석서
새초롬히 살을 깗아 빛을 찾던
아릿한 사랑니의 추억을 알고있다.

멀리 가버렸구나

이젠 너를 찾으러 않는다.
아, 너는 저 먼 아래로 도망가 버렸구나.

이젠 너를 기억치 않는다.
아, 너는 아주 먼 곳에 나들이 가었구나.

모든 것은
언젠간 잊혀진다.

그래서 슬프고도
다행이다.

사랑은 쉽단다

사랑은 참 쉽단다
남들 다 하는 사랑
나에게만 어렵다

둥근 달님에게 물어봐도
남들 다 하는 사랑
도무지 알 수가 없단다

내가 남은 사랑
늘 되받는 사랑
늘 미안히 끝나는 사랑

사랑은 쉽다해서
남들 다 하는 사랑
나에게만 아프다

사랑하는 이에게 물어봐도
나도 다 하는 사랑
그리 어렵지가 않단다

내가 주는 사랑
늘 바라는 사랑
그저 받아도 되는 사랑

사랑이 저물다

- 너를 보내고 난 후

너를 마지막으로 보낸 후
돌아오는 버스 창밖 풍경이 잊혀지지 않는다.
세상 모든 것이 아름답고
영원히 행복할 것만 같았는데
고작 반나절에 모든 게 불행해져 버렸다.

첫 사랑은 이루어지지 않는다기에
첫 짝사랑은 눈물로 흘러보냈고
첫 사랑은 피눈물로 흐려버렸다.
늘 기억한 너의 향기를 잃어서
더 이상 너를 기억할 수 없다.

네가 나를 떠나갔지만,
나는 너를 보내지 않았다.
영원히 내 안에 가두어 두려했다.
그래서 너는 내 품을 열고 달아났나보다.

사랑이 또 한 차례 저물고
나는 울었다

.

.

.

.

.

.

울면,

눈물 속 기억이 씻겨 나간다는데
베개 속 팔등에서 네가 내린다.

늘 네 걱정만 하던 나는
이젠 내 걱정을 하고 산다.
밥도 잘 먹고
잠도 잘 자고
일도 잘 하고
이런 내 자신이 대견스럽다.

그래
너를 보내고 난 후
나는 참 많이 울었다.
너를 만나고 난 후
참 많이 웃었던 것처럼.

내일은 또 다른 세상이 떠오를 걸 나는 알고있다.
나는 없는, 네가 있는 그 어딘가는

세월

사랑했던 사람의 이름이 기억나지 않는다.
아, 난 널 잃어버렸다.
너는 좋은 사람이었나보다.

사랑했던 사람의 얼굴이 기억나지 않는다.
아, 난 널 잊어버렸다.
너는 예쁜 사람이었나보다.

사랑이란 이름의 고생

사랑은 귀를 파는 것이다.
때로는 면봉으로
때로는 손가락으로
조금씩 깊숙이 파내어 들어간다.

비에 물이 찬 날엔
내용물을 뱉어내기 더 쉽다.
흠뻑젖은 귀 안을
젖은 솜으로 애무한다.

피가 나고 생채기가 나도
쉽게 그것을 알아채지 못한다.
굳은 피고름에 소스라쳐 놀랄때
우리는 비로소 깊음을 깨닫는다.

끝까지 비워냈다 생각했다.
어쩌면 조금더
어쩌면 조금만더
부질없는 욕심에 또 상처를 낸다.

속을 깨끗이 개워내도
여전히 빈 것 같지 않다.
오히려 욱신거리는 아픔에
손가락으로 그 자리를 대어보는 것이다.

다 끝났다 싶을때
우리는 한 번 더 귀를 판다.
잊혀졌다 싶을때
다시 한 번 이 고생을 사서한다.

사랑이 그렇듯.
사람이 그렇듯.

시간이 흐르면

검은하늘은 어느새
익숙해져버리는가
시간은 나에게만
야속하여 어느샌가
멀리 혼자 가버렸다.

그리움으로
사랑으로
추위로
바들거림으로
이 기나긴 겨울과 사는 나는
곧 돌아올 봄을 채비한다.

그렇다.
네가 독립한 후로 나는
내내 비틀거리며
쓰러지지 않으려 발버둥쳤다.

낡아서 언제 쓰러질지 모르는
가드란 천정 아래 잠자는 나는
어느새 그리 적응해버리고 말았다.

차라리 절망이 좋았다고 싶다.
차라리 어둠이 좋았다고 싶다.

도로록 도로록 반복되는 일상에서
사근사근 웃으며 전화받는 내가
어느새 조금 미워보이기까지 한다.

시간에게

시간은 절대적이지 않다.
그 누구보다도 상대적이다.

반 년이라 생각했던 시간이
실로 한나절에 지나지 않았고,
영원이라 생각했던 후회는
단지 이 년의 기다림에 불과했다.

이름없는 시간에게 고한다.
고맙고, 때론 밉다고.

오래된 너에게

너란 사람을 안 지 벌써 몇 년이 지났다
너는 나에게 큰 사람이 되었다
너를 기다리는 재미를 너무 일찍 알아버렸고
너를 쓰다듬는 마음을 너무 일찍 가져버렸다
너란 사람은 나에게 늘 가르침을 준다
너는 나를 살짝 떠밀고는 총총 떠나버렸다
너를 기다리는 시간에 나는 좀더 뻔뻔해졌고
너를 쓰다듬는 마음에 나는 좀더 울어버렸다

오래된 너에게 마음을 쓴다
너는 잘 지내고 있는지
여전히 너를 그리워하는지

우리는 누구나 눈물 한 방울 머금고 살아간다

근 몇 년간
한 번도 연락해본 적 없던 너

수없이 새로운 인과관계에 얽히고 섥혀
수많은 사람과 사랑을 하게 되어도
'잊기'버튼에 차마 손이 가지 않는 것은,

너를 진심으로 사랑했던 눈물이
아직 내 가슴 언저리에서 마저 녹지않고 남은 탓일까.

이젠

- 세 달 후

사랑한 사람도 떠나고
함께한 추억도 떠났다

영원할 그리움 옅어져
일상에 덤덤히 살았다

불과 한 번의 계절이 지나고
두 번의 아픔을 벼르고
세 번의 피눈물을 가슴에서 토해내고
수백만 번 보았던 그녀를 잃어버렸다

잊지 않으려 애써도
야속한 기억세포는 자꾸 사라져서
이제는 완전히 다른 사람이 되어버린 나였다.

적당히 사랑하는 법

적당히 사랑하는 법을 아무도 내게 가르쳐주지 않았다
적당함을 몰라 두 번을 울었고
네 번의 인연을 보내고 나서야
적당히 사랑하는 법을 알 수 있었다

눈물 - 희미해진 사랑의 기억

1판 1쇄   2016년 5월 30일

시 | 서동우

발행인 | 서동우
디자인 | 고민정

펴낸곳 | 문학여행
주 소 | 경기도 구리시 건원대로 92,
          114동 303호 한국전자도서출판(주)
홈페이지 | www.koreaebooks.com
이메일 | contact@koreaebooks.com
팩 스 | 0507-517-0001
원고투고 | edit@koreaebooks.com
출판등록 | 제2016-000001호

ISBN   979-11-957549-3-9 (04810)
       979-11-957549-2-2 (04810) 세트 (전 3권)